푸른사상 시선 137

멸종위기종

푸른사상 시선 137

멸종위기종

인쇄 · 2020년 12월 12일 | 발행 · 2020년 12월 20일

지은이 · 원종태
펴낸이 · 한봉숙
펴낸곳 · 푸른사상사

주간 · 맹문재 | 편집 · 지순이, 김수란 | 마케팅 · 김두천
등록 · 1999년 7월 8일 제2-2876호
주소 · 경기도 파주시 회동길 337-16(서패동 470-6) 푸른사상사
대표전화 · 031) 955-9111(2) | 팩시밀리 · 031) 955-9114
이메일 · prun21c@hanmail.net /prunsasang@naver.com
홈페이지 · http://www.prun21c.com

ISBN 979-11-308-1744-6   03810
값 9,500원

이 책은 경남문화예술진흥원의 문화예술지원을 보조받아 발간되었
습니다.

푸른사상
시선

137

멸종위기종

원종태 시집

푸른사상
PRUNSASANG

많은 시들이 숲에서 왔다

나무 한 그루가 팔만대장경이고 숲이 화엄세상이다

걷는 사람은 알리라

숲으로 엮인 존재들을 최대한 많이 호명해주고 싶었으나 사랑이 넓지도 깊지도 못했다

풀과 나무와 새와 짐승을, 그림자를 이야기하느냐고 묻지만 그것은 다 사람 이야기다

새와 나무는 우리의 형제요 구르는 돌은 우리의 사촌이라 하지 않던가

인간의 시간은 얼마나 짧으며 모르는 것이 얼마나 많은가

모르는 것 앞에서 꿇을 수 있는 무릎이 있다는 것이 고맙다

우리 모두는 멸종위기종이다

귀한 존재로 스스로 서야 하고, 대우받아 마땅하다

팔만대장경을 베어 만든 종이에 서툰 것들을 또 적었으니 미안하고 미안하다.

2020년
원종태

| 차례 |

■ 시인의 말

제1부

제2부

제3부

제4부

제1부

붉은발말똥게

이미 물을 떠났으나
물을 버리지 못하여
물과 흙의 경계에 서성거린다
바다를 이미 떠났으나
두 눈 가득 차오르던 짠맛을 잊지 못하여
민물과 바닷물 사이에 집을 짓고
두문불출,
보이지 않는다
갈대숲을 요란하게 헤매고
굴 속에 시끄러운 귀를 밀어 넣어 보았다
죽은 고기를 던져놓고
시간을 접어 바위처럼 기다렸지만
너의 사랑법은 부재 혹은 멸종
갈댓잎은 초승달처럼 얼굴은 베고
설핏 붉은 발이 보였으나
도둑게 한 마리 게게게게
시간을 훔쳐 붉은 해 속으로 건너갈 뿐
너는 없다
없음으로써 너는 어디에선가 있다

긴꼬리딱새

온몸이 청색 피리다
온몸이 색이고 음악이다
처음 만난 순간을 잊지 못하지
모든 공간은 사라지고 시간은 멈추고
산을 멈췄다 산을 움직이게 한다
산수국이 나비처럼 피면 날아오지
물오리나무 숲에 푸른 물이 흐르고
민물검정망둑이 혼인색으로 빛날 때
청피리를 불며 돌아오지 청피리를 불며
검은 숲을 화살처럼 빠르고 둥글게 쏘다닌다
풀잎처럼 낭창, 꼬리를 보았다 했는데
보이는 것은 소리뿐이다 소리는
눈 속으로 빨려 들어왔다 귀로 나간다
대낮에도 가재가 기어 다니는 컴컴한 계곡에
자체 발광하는 눈테는
영화 아바타의 나비 부족이거나
여름밤 부둣가 긴팔을 내리고
하릴없이 그리던 시거리 빛깔

모두가 사냥꾼이면서 사냥감인 숲에서
발광하는 색과 제 몸의 서너 배 긴 꼬리는
무용하고 무용하며 쓸모없는 것
오히려 죽음을 당기는 시위
시위를 당신이 좋아하기 때문이다

제비

빈집 때문에 제비는
막막한 바다 산맥을 건너고 있을 것이다
나침반 바늘 같은 몸매로
발아래 하얀 해안선을 방금 돌파했을지 몰라
천남성을 꽁지에 매달고 북극성을 향하여
공중급유도 없이 단번에 천 리를 날지
한 번도 펴보지 않은 발가락 아래로
시간의 허공이 숭숭 빠져나가겠지
오직 나는 것에 최적화된 몸으로
돌아오고 돌아갈 뿐 머물지 않아
지남철 같은 빈집을 오고 갈 뿐
어둠의 틈 속으로 사만 리 외줄기 비행
뼈 속이 텅 비었으므로 멀리 갈 수 있는 것
제비는 죽어서도 땅에 닿지 않지
개미나 벌레에게 주검을 의탁한 것을 본 적이 있던가
상승기류의 구름 위에 반짝하다 사라질 뿐
윤회를 끊는 것이 너의 일생이겠지만
나는 세속의 사랑을 탕진하기 위하여

그 덧없다는 말의 ㅅ 받침 같은

검은 꽁지 날개로나 다시 태어나리

남방동사리

민물고기는 바다를 건너지 못하고
바람처럼 산을 넘지 못한다
나무가 흙을 버리지 못하듯 물을 놓지 않는다
하늘에서 보면 강은 거대한 나무
바다에 뿌리를 박고 산을 향해 자란다
아침 해에 물드는 개천에서 움터
실가지에 웅성웅성한 숲을 부려놓는다
그러므로 민물고기는 나무에 깃든 새다
나무를 헤엄치는 금은동빛 제 빛깔의 물고기 새들
저녁 물빛에 내려앉은 하늘에
새들은 헤엄치고 물고기 떼는 난다
푸른 하늘 뭉게구름 속으로 새들은
헤엄치고 물고기 떼 나는 거대한 풍경
어디서부터 우리는 헤어진 것일까
어디서부터 잘못된 것일까
물고기 한 마리의 동종포식
자기 자신을 잡아먹다 달빛에 찍혔다
물고기 한 마리에 운행을 멈춘 달

물고기는 아가리를 벌려 계곡 깊이
바다를 아구아구 빨아들이고
내일이면 물 위의 저 달을 삼키리라
일생을 눈물 속에 살아서
눈꺼풀이 필요 없는 물고기
배를 갈라 산속에서 달빛 소리를 내고 있는
그 목어 한 마리

꿈에 본 달

먼 곳에서 전화가 왔다
벌써 죽어서 그믐달 달그림자 같은
사람의 안부를 묻는다
오래전 친구라 한다
아마 시인이 됐을 것이라고
어디서 무엇을 하는지 아느냐고
마침 게 도감을 읽다가
엽낭게 페이지에서 머뭇거리고 있을 때였다
아주 작아서 꼬마게라고 부르기도 하고
담배 피우듯 모래알들을 마셨다 내뱉은
흔적이 염주알 같아 염낭게라고도 한다
경단 모양은 작은 달처럼 동글동글한데
잡으면 부서져서 모래가 되어버린다
잡히지 않아 꿈에 본 달이라고 한다

썰물 지고 달이 차오르는 모래밭에서 게는
열심히 모래알을 굴려 달을 토하고 당신도
어디선가 차오르고 있을까 보고 있을까

알락꼬리마도요

알락꼬리마도요의 부리는 제 몸만큼 길고 칠게 굴처럼 휘어져 있습니다

개펄에서 알락꼬리마도요에게 잡힌 칠게 한 마리가 이중섭의 게 그림처럼 열 개의 다리로 허공을 기어갑니다

알락꼬리마도요가 칠게를 콕 찍었는데 칠게는 못 잡고 부리에 그만 초생달이 달려 올라오는 겁니다

알락꼬리마도요는 난감한 얼굴로 초생달을 물고는 한참을 그림처럼 서 있었습니다

알락꼬리마도요는 초생달이 되어 서쪽 하늘로 천천히 날아갑니다

비비새

따뜻한데 무게가 없다
내 손 안에 작은 비비새 한 마리
핏방울을 물고 가늘게 떨고 있다
발가락은 마지막 허공을 움켜쥐고
날개를 알처럼 둥글게 접는다
깃털이 식어가자 지구처럼 무거운 몸
푸른 하늘 높은음자리표에
경쾌한 음표를 찍으며 몰려다니던 새들
이제 음악 시간은 끝났다
휘파람새 한 마리의 죽음으로
골목길 어린 연인들의 휘파람 소리도 멈췄다
재재재 동박새는 발길을 끊고
동백꽃은 더 이상 꽃피는 것이 싫어졌다
새들이 곁을 허락하고 다가올 때
투명인간이 된 것처럼
우리는 얼마나 맑았던가
보이지 않는 투명한 유리벽
덫이 이렇게 맑고 깨끗할 줄이야

낙엽 지듯 검은 새들이 쿵쿵 떨어진다

새들이 바닥에 주렁주렁 피어나고 있다

아비 도래지

아비는 먼 곳 물이 찬 데서 왔다
아비가 넙치 그물에 걸려 죽었다
신고가 뜨거운 겨울
한 마리의 시급을 좇아 바닥까지 내려간 아비
먹고사는 일이
잠수와 수영이라는 주특기가 곧 죽는 일이라니
하필 그 이름이 아비다

아비 회색머리아비 큰회색머리아비
극동 연안 캄차카반도 투명한 빙하지대
춥고 배고픈 곳에서
찾아온 따뜻한 남쪽 나라는
가늘고 투명한 그물의 나라
그물 아닌 시간이 어디 있었던가
검은 기름을 뒤집어쓰고
검은 자식을 찾지 못할 날도 많았다

사는 곳이 곧 죽을 곳이라니

얼마나 좋은지 가서는 아무도 돌아오지 않을 곳

철새들의 고향

하필 그 이름이 아비다

애기뿔소똥구리

고라니 똥 한 알이 굴러가요
애기뿔소똥구리가 따라가요
고라니 똥에 애기뿔소똥구리가
알을 낳았어요
고라니 똥이 똥그래졌어요

소똥구리는 덩치가 커서
소똥 말똥을 먹어야 한대요
사료 똥 항생제 똥을 먹다가
소똥구리는 멸종했대요

애기뿔소똥구리는 덩치가 작아서
고라니 똥 노루 똥 같은
작은 똥을 좋아해요
그래서 멸종하지 않았어요
작은 것이 좋을 때도 있어요

버들치

저 폭포 위에 버들치들은 어떻게 살게 됐을까
폭포는 20미터 높이에서 수직으로 떨어지는데
누군가 일부러 잡아서 옮겨놓았을까
물새들이 알 밴 버들치를 먹다가 뜨거워서 토해놓았을까
용오름이나 빗줄기를 타고 하늘에 올라갔다가 떨어졌을
지도 모른다
소낙비에 후드득 떨어지던 미꾸라지들을 생각할 때 아주
없는 일은 아닌 것 같다
먼 세상을 보고 싶어 폭포를 거슬러 오른 자의 꼬리지느
러미일까
버들치에게 물어봐도 대답하지 않는다
자신의 신화를 기록하지 않은 채
다만 현재를 헤엄치고 있을 뿐이다
지각이 뒤집혀 물이 역류한 것일까
천둥번개에 암벽이 깨어져 계곡이 나뉜 것일까
바위를 뚫고 헤엄쳐 나왔을까
알 수 없다
버들치는 폭포 위에서 현재를 날렵하게 헤엄치며
물 밖의 나를 빤히 쳐다본다

갯게론

다음은 갯게에 대해서 알아봅니다
민물과 갯물이 만나는 기수역에 사는데
갈대밭이나 하천 둑에 깊은 서식 굴을 파고 살아요
서식 굴은 대개 만조선과 가깝습니다
바닷물보다 민물을 더 좋아해서
방게나 말똥게보다 높은 곳에 살고
도둑게나 붉은발말똥게보다는 낮은 곳에 살아요
크기는 남자아이 주먹만 한데요
집게발이 아주 커서 품새가 오랑우탄 같아요
왕 앞에서도 옆으로 당당히 걷는 자답습니다
몸은 자주색이 많고 황색도 더러 있는데요
몸 바깥은 밝은 주황색 띠를 둘렀고요
몸은 볼록하고 짧은 털이 덮여 있습니다
등에는 풍뎅이나 호리병 모양이 뚜렷하고요
다른 종과 구별하는 동정키는 네 개의 눈 뒷니입니다
갯게는 기수역의 갯벌에 주로 살아요
이런 곳은 물과 땅의 경계, 바다와 하천의 경계입니다
갯게는 깊은 구멍으로 물과 땅을 연결합니다

빈 구멍으로 연결한다니 좀 철학적인가요
경계를 넓히는 것이 무슨 사명인 것처럼
빈 구멍을 뚫어 둑을 무너뜨리는 선수이지요
갯게는 이를테면 평화주의자입니다
경우에 따라 파괴주의자로도 불리겠지만
완충지대를 만드는 장인 같지요
하천과 갯벌은 생존의 최전선입니다
인간종은 땅을 지키고 넓히는 데 게눈 같지요
게는 인간을 이길 수 없으니
경계의 패배자가 더 어울리기도 합니다
갯벌은 느슨하고 완만함으로 분노한 물을 다스리지요
직선의 공격은 선 것이나 직선으로 막지 못해요
누운 것이나 수평으로 더 잘 막아냅니다
파도와 해일에 방파제가 속수무책이잖아요
경계가 넓을수록 평화롭지요 비무장지대처럼요
갯벌을 넓히는 게들이 잘 살아야 평화롭습니다
갯게가 살기 좋은 곳은 인간종도 살기 좋겠지요
갯게를 멸종위기종으로 정한 인간종의 지혜 같아요

거제외줄달팽이

여름 숲에 큰비가 내렸다
느티나무 뿌리 위로 달팽이 한 마리가 달린다
이름은 거제외줄달팽이다
길게 몸을 뺐다 넣었다 하며 제 등을 끌고 간다
눈이면서 뿔인 더듬이가 부지런하다
물기가 마르기 전에 당신을 만나고
습기가 사라지기 전에 숨어야 한다
달팽이는 자웅동체지만 자기가 싫어
자기 아닌 다른 것을 만나러 가야 한다
먼 곳으로 가서 먼 것을 만나야 한다
자기 자신을 최대치로 멀리 보낸다
바위는 다른 것들을 느슨하도록 만든다
이따금 바위도 무릎을 펴는지 끙 소리를 낸다
나무들이 물을 빨아올리는 소리가 맹렬하다
높은 잎들이 쏴아 소나기 소리를 낸다
비목나무 이파리는 싸한 박하사탕 맛이다
굴피나무를 남오미자 다래덩굴이 기어오른다
소나무를 오르는 마삭줄이 꽃을 떨어뜨린다

바람개비 같은 꽃을 돌려 달달한 냄새가 퍼진다

나무는 대지의 젖꼭지 같다 깃발 같다

나무가 구름과 바람을 불러 모으고 있다

바람과 비와 해무가 나무를 타고 내려온다

달팽이는 족제비눈물버섯을 동그랗게 도려 먹는다

이빨 없는 할매가 오물오물 수박 먹는 모습이다

바위에 콩짜개덩굴 한 잎처럼 붙어서

시간이 늙어간다

팔색조는 보이지 않는다

팔색조는 보이지 않는다
소리만 들리는 소리뿐인 새
소리 위에 집을 짓고
소리로만 보이는
보이는 소리
바람 위에 집을 짓고
귓속에 사는 새
산도 뒤척이며 푸른 파도 칠 때
호잇호잇 고래 같은 숨비소리
고래처럼 보이지 않는다
보이지 않아야 한다

사막여우

누구에게나 가장 빛나는 사막은 있다

멀리서 한 점이 점 점 점 커지다가

어디쯤에서 슬쩍 고개를 돌리는 순간

총총 푸른 밤과 우주를 멈춰놓고

사막사막, 소리가 되어 걸어가버린

아무렇지도 않은

어린 산가재 왼쪽 다섯 번째 다리의 물방울

청띠제비나비 날개 위에 반짝이는 비늘 가루

오리나무에 붙은 늦털매미의 G단조 울음소리

어디에 떨어뜨렸는지 모르는 방아깨비의 왼쪽 다리

투구꽃 이마 위에 탱탱한 자줏빛 햇살

피아노 건반을 두드리며 걸어가는 먼지

이었는지도 모른다 내 몸은

몇 번을 갈아타서 당신이 되었는가

몸을 바꿔도 바뀐 이름으로 살아도

아무렇지도 않은, 시간을 건너가는

제2부

꽃의 말

무릎을 꿇고
꽃 사진을 찍는데
누군가 뒤에서 속삭인다

네가 나를 찍는 줄 알지?
뒤를 보렴
어린 짐승아

풍란

꽃은 무너지는 암벽을 붙잡고 피었고
절벽은 꽃 한 송이 때문에 무너지지 않습니다

구름 아래 벚꽃 열차는 검은 화통에서
흰 구름을 펑펑 쏘아 올리며 달려갑니다
화혼식인 줄 알았는데 벌써
비바람에 조문객들로 어지럽습니다

흰 꽃잎에 몇 자 적어
바람 편에 보냈습니다만
무거웠던지 꽃 지고
보는 곳에서 쿵쿵 지고

그곳은 먼 저편 6월에도
흰 눈이 내린다는 북국

먼 훗날에 바람, 꽃 피는 날 읽어보았더니

한 글자도 없어서 좋았습니다

새가 앉았다 떠난 가지처럼 잠시 잠깐
향기는 허공을 흔들었습니다

만주바람꽃

작은 것과 멀리서 온 것에는
흰 어둠이 붙어 있다
그 여자 웃을 때 잠깐 보이는 덧니처럼
아무런 잘못도 없는데
자꾸만 고개를 숙인다
흑룡강 어디 해란강 어디라 했던가
가녀린 몸매는 강처럼 휘어지고
저녁 강에 눈뜨는 외꺼풀 눈매
패, 경, 옥 이런 이국 소녀들의 이름이*
함께 불쑥 불쑥 피어난다
바람 부는 곳이면
만주 아닌 곳이 어디 있겠어요
세상의 모서리를 다 돌아다닌 바람처럼
어딘가 헐렁한 그 말 때문에
밖에는 바람이 말을 달리고
안에는 모난 말들이 어지러운데
목 놓아 울 만한 곳이라는 고향을 두고
먼 남쪽 바닷가 작은 계곡에

만주바람꽃 한 송이 피고 지는 동안

그 여자의 먼 곳을 생각했다

작고 가벼워서 멀리 간 것들을 생각했다

* 윤동주의 「별 헤는 밤」

섬노루귀

검은 눈동자를 뚫고
깨진 뼈의 틈을 헤집고
녹슨 탄피 사이에서
실눈으로 핀다
뜬눈으로 핀다
트럭째 핀다 피어도
아무도 보는 사람은 없다
귀를 쫑긋 세우고
어린 노루 물끄러미 건너다볼 뿐
네 이름은? 섬노루귀요
색깔은? 흰색이나 분홍색이요
빨강이나 청색도 있소
배후를 대라
그냥 봄바람이요
질문이라도
고문이라도 한 번 해준다면
당신을 배신하고 영영 배신하고
제발 살려주세요 애원하며

다 불어버리고

먼 골짜기에 숨어서

제 명대로 살아볼 것인데

고문도 없이 재판도 없이

그해 3월부터 5월까지

최소 38명이 몰살됐다

언덕 너머 골짜기에 섬노루귀

일제 사격 소리로 피고

관광단지로 다시 파묻힌다

수선화

수선화를 뭉텅이째 파 가버렸다

기도 중에 훔쳐가버렸다고 스님은 염불이다

매화나무에는 CCTV 촬영 중입니다 붉은 경고판이 매달

려 있고 처마에 박혀 있는 천안을 보았기로

스님 CCTV를 돌려보시지요

물었으나

누군지 알게 되면 미워질 것 같아서 차마 못 보고 있습

니다

대답이다

카메라는 허공을 찍고 있거나

자신이 풍경인 줄 알고 봄바람하고 댕댕 놀고 있을 것이다

꽃이 없어졌다고 개들을 풀 수야 없겠지요

노란 나발 불어대던 수선화가 없으니

절집은 더욱 조용하다

연리목

숲에서 쇳소리가 난다
낡은 배 젖는 소리가 난다
때죽나무 한 그루와 팥배나무 한 그루
X자로 붙어 있다
서로 끌어안고 있는지
등을 기대고 있는지
붙어 있으면서 떨어져 있는
그 사이에 소리가 산다
하늘에 살던 소리가
나무를 타고 내려오는 것이다
뿌리에 저장했던 소리를
바람이 불러내고 있다
부드러운 살들을 발라내고
뼈만 남은 나무들
헤어진 적도 없지만 만난 적도 없는
높은 동행
높은 산 흰 계곡에
때죽나무 한 그루와 팥배나무 한 그루
검은 몸에서 흰 꽃을 뿌린다

처음 나온 나뭇잎

박쥐나무 고로쇠나무 당단풍나무
또 무슨 무슨 나무의
맨 처음 나온 나뭇잎은
다음 나뭇잎들을 위해
자기 몸을 스스로 가릅니다
갈라서 잎을 손가락처럼 파랗게 찢습니다
햇볕이 아래 잎에게도 잘 닿도록 도와줍니다
하늘을 나눠줍니다
맛있는 햇살을 혼자서 다 먹지 않고
기분 좋은 바람을 혼자서 마시지 않고 나눠줍니다
처음 나뭇잎은 허공을 붙잡고
막막한 하늘을 오릅니다
가지를 이끌고 나무를 이끌고
대지를 이끌고 올라갑니다
수압에 찌그러지는 가슴 장화처럼
허공의 압력에 작고 단단해지고 외로워지는 것이
자기 일입니다
외로운 한 잎 고공투쟁으로 하여

이파리들이 팔랑팔랑 반짝입니다
숲은 이파리로 가득합니다
맨 처음 나온 나뭇잎은
제일 먼저 떨어집니다
나중에 떨어질 잎들이 아프지 않게
푹신한 바닥이 되어줍니다

자작나무

나는 여기 있고
너는 거기서 빛나네
몸은 여기 있고
마음은 저기서 반짝이네

"한 번도 흰 발목을 보여주지 않았기 때문이야"

끝도 시작도 없는 설원을 검게 가르는 육중한 시베리아
횡단열차
　수평 설원에 수직으로 달리는 흰 숲의 대열
　사선으로 휘몰아치는 눈보라와 깊고 검은 눈동자
　혁명에는 끼어들지 못하고 사랑에도 실패하고 인생을 탕
진한 채
　붉은 아궁이 자작나무처럼 자작자작 타들어가는 밤
　그때 그는 이미 알고 있었다
　위대한 패배의 길에 복무하리라는 것을

　열차는 아직 도착하지 않았다

꿩의바람꽃

한 사흘 비바람 치다 검은 계곡에

잠깐 햇살 들 때

구름과 구름 사이로

나무와 나무 사이로

바람과 바람 사이로

잠시 잠깐 햇살 들 때 스쳐갈 때

돌 위에 꽃 그림자

돌 속으로 들어간 꽃

꽃 한 송이

컹컹 돌을 깨며

언제 다시 피어날까

팔만대장경

    은행나무 비자나무 개비자나무 전나무 잎갈나무 잣나무 소나무 삼나무 향나무 노간주나무 미루나무 은사시나무 버드나무 굴피나무 털굴피나무 가래나무 호두나무 거제수나무 오리나무 물오리나무 물갬나무 개서어나무 서어나무 소사나무 개암나무 참개암나무 물개암나무 밤나무 상수리나무 굴참나무 떡갈나무 갈참나무 신갈나무 졸참나무 물참나무 신갈졸참나무 붉가시나무 가시나무 참느릅나무 비술나무 느릅나무 느티나무 검팽나무 폭나무 팽나무 푸조나무 꾸지뽕나무 산뽕나무 가새뽕나무 뽕나무 천선과나무 함박꽃나무 생강나무 감태나무 비목나무 녹나무 생달나무 후박나무 센달나무 참식나무 육박나무 까마귀쪽나무 용가시나무 돌가시나무 긴돌가시나무 자두나무 매실나무 살구나무 복사나무 귀룽나무 왕벚나무 벚나무 산벚나무 개벚나무 비파나무 다정큼나무 모과나무 아그배나무 돌배나무 콩배나무 윤노리나무 팥배나무 자귀나무 실거리나무 초피나무 산초나무 머귀나무 탱자나무 유자나무 소태나무 가죽나무 멀구슬나무 사람주나무 붉나무 개옻나무 산검양옻나무 옻나무 꽝꽝나무 감탕나무 사철나무 줄사철나무 회잎나무 화살나

무 참회나무 회나무 나래회나무 참빗살나무 좀참빗살나무
고추나무 신나무 고로쇠나무 단풍나무 나도밤나무 합다리
나무 헛개나무 참갈매나무 피나무 뽕잎피나무 노각나무 동
백나무 사스레피나무 팥꽃나무 삼지닥나무 보리수나무 녹
보리똥나무 보리장나무 보리밥나무 큰보리장나무 배롱나
무 단풍박쥐나무 박쥐나무 황칠나무 땃두릅나무 두릅나무
산딸나무 층층나무 말채나무 모새나무 고욤나무 감나무 노
린재나무 쪽동백나무 때죽나무 들메나무 물푸레나무 이팝
나무 광나무 쥐똥나무 섬쥐똥나무 구골나무 좀작살나무 작
살나무 누리장나무 순비기나무 층꽃나무 치자나무 지렁쿠
나무 딱총나무 아왜나무 분꽃나무 산가막살나무 덜꿩나무
가막살나무 붉은병꽃나무 병꽃나무 울괴불나무

　나무 하나 쓰러질 때 온 산이 함께 운다
　팔만대장경을 베어 소금에 절인 몸에 팔만대장경을 새겼
다

나뭇잎 편지

도토리 한 알이 떨어지자 산이 크게 웁니다

늙은 바위가 새빨간 단풍잎들을 주워 귀에 꽂고 있습니다

오색딱다구리가 벌레를 잡느라 죽은 나무에 머리를 통통통 처박고 있습니다

내 몸을 쪼아대는 소리가 먼 저편 목탁 소리 같습니다

우리가 지구라는 별에 툭 떨어질 확률은 10의 33승 분의 1이라는군요

없는 것은 아닌데 있을 법하지 않은 숫자입니다

단풍잎에 떨어진 도토리 한 알이 목탁 소리를 들을 수 있는 확률은 얼마나 될까요

실재하지 않는 것 같은데 실재합니다

우주의 먼지 한 알이 빗금 치는 가을 햇살을 만나 경악합니다

당신은 햇살이었어요

자기 자신을 알아차렸기 때문입니다

우리가 존재하지 않아도 세계는 흘러가겠지요

본인상이라고 적힌 문자 메시지가 왔습니다

가지 끝에서 나뭇잎 한 잎 자신의 부고장을 들고 망연히

떨고 있습니다

　세기의 배우는 먼 옛날 떠들썩하게 죽었는데 영화 속에서
그는 희극을 열연 중입니다

산벚꽃

새는 날아가려고 오고
꽃은 지기 위해서 피네
나를 위해 무엇을 해줄 수 있니
일생을 너를 위해 노래할게
아무 말도 하지 않고
웃고만 있었네 하얗게
나를 사랑하지 마 너만 힘들어
언제 떠날지 아무도 몰라
그사이 꽃이 피었던가 졌던가
나를 어떻게 알아봤어
멀리서도 한눈에 들어오지
너는 특별하니까 먼 산에 산벚꽃
피는 줄 알았는데 지는 거였네 하얗게
삼사십 년 잠깐이더라
잘 살아 그래 너도
영화 한 편은 하얗게 끝나고
자막은 계절보다 오래 흐르네
새는 날아가려고 오고
꽃은 지기 위해서 피네

은행나무

큰 나무는 오래되면 속이 빈다
줄기 썩어 빈 구멍에 오래된 도깨비가 산다
비 오고 바람 불면 도깨비 춤추고
도깨비가 나오면 저녁이 온다
줄기 썩어 빈 구멍에 어린 새들이 산다
큰 나무 없으니 빈 구멍 없다
돌무더기 없어서 귀신이 오지 않고
물고기가 없어서 물장구치는 아이들이 없다

은행나무는 자웅이주라서
암수가 꼭 있어야 꽃을 피운다
전쟁 나간 수컷이 죽자 암컷은
천 년 만에 강에 비친 제 그림자를 보고
제 그림자를 보고 꽃을 피워
열매를 한 트럭 낳았다

매화꽃 편지

구례 화엄사 삼백 년 매화꽃 그늘에서 편지를 씁니다 아침 햇살 역광에 검붉은 몸 비늘 장엄합니다 나무는 절정을 향해 하늘로 피를 뿜고 서 있습니다 한 뿌리에서 시작한 매화나무는 두 가지로 갈라지며 각황전 쪽으로 확 꺾였습니다 젊은 시절 일생을 두고 결정적인 무슨 일이 있었던 것 같습니다 한 이백 살쯤 되었을 때 나무는 자세를 고쳐 잡고 허리를 세우고 부챗살 가지를 사방으로 펼쳤을 테지요 각황전 처마에 닿을 듯 말 듯한 높이에서 나무는 멈칫합니다 연기세계, 그 넓고 깊다는 화엄을 어찌 알겠습니까 화엄사 보제루 문살의 연꽃들이 끝없이 연결돼 있는 것을 볼 뿐입니다 모든 존재에는 부처가 들어 있어 이를 깨우는 것이 수행이라지요 나무에도 돌덩이에도 불성이 있는가요 목공이 나무를 깎고 석공이 돌을 깨뜨려 탑과 부처를 꺼내는 것과 같은가요 매화 가지를 꺾었는데 왜 꽃은 없었을까요 삼백 년 수행 오래인데도 방금 목욕을 끝낸 여자는 매화 비누 냄새가 납니다 수백 번 사진을 찍어도 그 향기를 어찌 담겠습니까 아침 햇살은 절 마당에 가득합니다 각황전 그늘 아래 섬돌, 새벽마다 빗자루에 쓸려 나갔다가 도르르 다시 꽃그늘 찾는

작은 돌멩이 하나 되었으면 하고 생각했습니다 매화 한 잎

함께 넣어 보냅니다.

썩은 화살이 숲을 이룬다

어느 날 화살 맞은 짐승처럼
숲에 들었을 때

구름 그림자가 산을 지나가며
우우우 몸을 잠시 어둡게 하고
바람은 여름 숲을 높게 지나갔다

화살을 맞은 나무는 다시 쏘지 않고
다만 품어서 제 살로 만든다

물은 화살을 맞고 토하지 않는다
화살 맞은 발목을 적시며
음음음 흘러갈 뿐이다

이 넓은 세상에
화살 하나 줄어든다
썩은 화살이 숲을 이룬다

물 마시다 툭 던지는
어린 고라니의 눈빛처럼
정신은 잠시 적막해지고
시간은 잠시 아득하다

제3부

이슬은 풀잎의 눈

이슬은 풀잎의 눈
밤새 밀어낸 천 개의 눈동자
밤새 끌어당긴 지상의 침묵
차가운 대지와
부드러운 바람

이슬은 풀잎의 눈
빛나는 것들의 모든 찰나
눈부처의 눈부처의 눈부처

바람의 지휘에 따라
곧 사라질 시간
알 수 없는 곳에서 와서
알 수 없는 곳으로 가느니

아, 따뜻해라
아침 햇살은

지리산 고운동

어느 가을 지리산 고운동에서 들었다

범이 그 사람 아내를 잡아먹었다
나무마다 찢어진 옷가지가 붉게 펄럭이던 날
그 사람은 포수를 사서
고개에 송아지를 묶어두고 기다렸다
배가 불렀는지 며칠 동안 나타나지 않아서
술을 뿌리고 웃통을 벗고 기다렸다
스스로 팔과 몸을 그어 피 냄새를 뿌렸으나
산만 붉게 타고 바람도 없었다
어디 가서 죽었나
그놈이 걱정되기도 하는 것이다
송아지 큰 눈에 별이 새하얗게 쏟아지던 밤
왔다 그믐밤 같은 범이 왔다
송아지 목을 뜯는 순간
불을 놓았다 별들이 경악했다
숨도 덜 끊어진 놈의 배를 갈라
간을 꺼내 씹는 것이다

아내를 잡아먹은 그놈이다

송아지를 묶었던 말뚝에도 범바위에도

고운동 단풍은 으르렁 으르렁 붉다

소나기 한 홉

무너진 집터에

옆으로 누운 솥단지 하나

누구를 먹일 저녁이 더 남아 있는지

후두둑 지나가는 소나기 한 홉 담았다

모로 누운 사람의 눈구석에 고이는 저녁

마당 곁에서 수제비를 끓이던 날도

초승달이 떠 있었다

가라산

다시 남쪽으로 칠백 리에 가라산이 있다

바다 건너 대마도를 마주한다

그 산 위에는 흰 나무와 붉은 나무가 많고 금과 옥은 나지
않으며 계곡에는 돌 바위가 많다

한여름에도 얼음이 맺히고 비바람에 돌들이 소리 내어
운다

그곳에 꽃이 있으니 이름이 풍화다

해무와 함께 허공에 매달려서 핀다

그 산에 새가 있으니 이름은 알지 못한다

그 형상은 마치 제비와 같고 세 개의 검은 날개는 하늘을
덮는다

붉은 팔다리는 네 개이고 팔은 무릎 아래까지 내려온다

사람을 몹시 싫어한다

그 울음은 자신을 부르는 소리를 낸다

그 산의 나무와 돌을 물어 남해 바다를 메우고 있다

이 새를 잡아먹으면 돌들이 소리치고 큰 홍수가 난다*

* 산해경을 변주하다.

평사리 편지

5월은 절판됐다

6월을 사다가 토지문학관에서 편지를 쓴다

하동 포구를 들어서자 밤꽃 세상이 환하다

섬진강은 몇천 년을 흘러가는가

비에 젖는 모래밭은 더욱 깊어지고

강물은 더욱 낮아져 소리를 잃어가는데

19번 국도는 구례까지 열아홉 굽이

천년 백년 누렇게 머리 푸는 보리밭에서

악양 들판 부부소나무는 서희와 길상이처럼 늙어간다

낮에는 뻐꾸기 노래하고 밤에는 소쩍새 울어

아침에는 산딸나무 꽃나비를 날리다

저녁에는 비에 젖은 감꽃을 주워 먹는다

밤을 낭송하는 개구리 소리만 낭창낭창

소리도 깊으면 별이 되는지

지상의 것들이 하늘강에 차오른다

노자산

다시 남쪽으로 팔백 리에 노자산이 있다

그 산 위에는 노각나무와 소사나무가 많고 산 아래에는 동백나무와 후박나무가 많다

바위 위에는 흰 나무가 자라는데 한 가지에 붉은 꽃과 푸른 꽃이 함께 핀다

그곳에 짐승이 있으니 그 형상은 소와 같고 뿔은 네 개이며 발은 하나다

비가 오면 나왔다가 해가 비추면 돌 속으로 숨어 나오지 않는다

울음은 땅이 흔들리는 소리와 같다

그곳에 꽃이 있으니 이름은 알지 못한다

얼음 어는 먼 북국에서 귀양을 왔다

풀잎은 가시방석 같고 꽃잎은 새와 같이 언제나 날아갈 듯하다

그 산에는 수만 리에서 새가 찾아오는데 날개가 여덟 개이며 무지개 색깔이다

제 이름을 부르며 우는데 이름을 알지 못한다

이 새가 돌아오지 않으면 주변 팔백 리에 물이 마르고 역

병이 수만 리를 간다*

* 산해경을 변주하다.

눈부처

강아지 눈과 내 눈을 맞추면
강아지 눈 속에 내가 보입니다
내 눈 속에 강아지가 보입니다

달랑게 눈을 들여다보면
달랑게 눈 속에 내가 들어갑니다
내 눈 속에 달랑게가 들어옵니다

개별꽃과 한참을 눈을 맞추면
내 눈 속에 개별꽃이 핍니다
개별꽃에도 내가 피겠지요

첫눈

그해 겨울 삼국지 적벽 같은 강가에서 얼음은 껑껑 앓는 듯 짐승 소리를 내며 얼어붙고 별들은 파랗게 탔다 탱탱해 진 별들은 얼음장에 소금 치듯 파리하게 쏟아져서 톡톡 튀어 다녔다 해 뜨고도 한참 후에 얼음은 또 컹컹 울며 풀리는데 그 소리는 낮고도 높으면서 둥글게 찌르는 것이 있었다 소리를 타고 아침 안개가 번지는 강은 현세와 같지 않았다 기이하였다 얼음장 사이로 푸른 안개를 게워내면 안개에 끌려 강물을 따라가고 싶었다 전라도 가시내들이 보리 된장국을 끓인다고 조잘댈 때 그예 첫눈이 내렸다 손바닥만 한 솜뭉치가 떨어지면서 쌓이는 소리가 푹푹했다 대야에서 청보리를 걷어 올리던 손등이 빨갰다 빨간 손등 위로 흰 눈이 쌓였다 첫눈이다 얼굴은 기억나지 않아도 그 동그랗고 검은 입속으로 내리던 눈

환상통

잘린 나무의 나이테를 보았다
나이테를 세다가 나이가 같아
나무 속으로 풍덩 뛰어 들어갔다
동심원이 멀리 멀리 번졌다

목을 잘린 것인가 발목을 잘린 것인가
나무는 잘린 줄도 모르고 봄물 오른다
허공 30미터까지 여전히 푸르다

바다가 방파제를 부수고
매립지 위의 도시를 침수시키는 것은
자기 몸의 기억 때문이다

조선소 그라인더 노동자와 악수했는데
둘째손가락 한 마디가 없다
이 손가락으로 아직도 귀를 팝니다
서로 쳐다보며 쓸쓸한 곳에서 멈췄다

젊어서 눈을 잃은 사람에게

먼 산 벚꽃처럼 무엇인지 자꾸 번진다

그런 날들이 많아진다

지리산 작설차

치매 걸린 어머니는 풋밤 줍던 어린 시절로 소풍 가서는
밤 줍는 재미에 폭 빠졌다
할미꽃처럼 쪼그라진 몸으로 씩씩하게 다람쥐가 도토리
를 모으듯 밤을 주워 온다
외딴 산방 오르는 산길을 이른 아침에 한 번 어르신유치
원에서 돌아오는 저녁에 한 번
시간 맞춰 한 됫박씩 붉은 밤을 주워 와서는 아이처럼 신
이 난다 자랑이 밤 산이다

지리산에 단풍 들어 서리 내리고 밤 떨어지는 철은 이미
끝났다
그런데 어머니는 아침저녁으로 밤을 계속 주워 온다

이순의 아들이 어머니 밤 주울 시간에 맞춰 밤을 뿌려두
었던 것이다 무겁지 않을 만큼,

지리산 형제봉 아래에서 아홉 번을 덖고 말려 작설차를
만드는 미루산방 부부 이야기다

계절

초록이 물든다고 엽서를 보냈는데
천지가 푸른 우체통이어서 찾을 수가 없다

단풍이 든다고 엽서를 보냈는데
세상이 온통 붉어서 찾을 수가 없다

눈이 오면
꽃이 피면 또
찾아 헤매겠지요

모래톱

강은 땀을 뻘뻘 흘리며 물을 날라도
아무것도 쌓지 못하고
모래톱은 열심히 물을 베지만
아무것도 자르지 못한다

물결 위에 물결이 바람 위에 바람이
시간 위에 시간이 첩첩 흐른다

수위가 내려가자 모래톱이 드러났다
물새 발자국은 모래톱을 따라 길게 걸어가다
허공중에 풍덩 떨어져 돌아오지 않고
네 발 짐승들은 제 발자국 따라 되돌아왔다
해는 발자국에 깊은 그림자를 새기며 산을 넘는다

내 몸의 수위도 얼마만큼 내려가자
발자국들이 어지럽게 드러났다
가지도 오지도 못한 서성이는 발자국들

아무것도 자를 수 없으면서

모래톱은 열심히 강물을 자르며 흐른다

동천

　동천은 어디에도 없고 소수만이 아주 우연히 발견하는 동
굴 너머 시간이 축지법을 쓰는 곳 귀천이 없고 그저 그러한
모성의 세계 시를 못 써도 좋고 시가 필요 없는 곳 불이라면
반딧불처럼 뜨겁지 않아 아무것도 태울 수 없고 까마귀만
한 모기가 물어도 아프지 않고 새들은 제 그림자를 추월하
기 위해 날지 않아도 되고 제 몸을 감추기 위해 달랑게처럼
달릴 필요도 없는 곳 어느 바닷가 우연의 동굴 속에 우연의
동굴이 검은 입을 벌리고 세상을 빨아들이고 동굴은 가슴에
서 하모니카를 붕붕 불고 차가운 석간수가 커튼을 치고 늙
은 어머니가 오메가처럼 수평선에서 빛나는 곳 동굴 속으로
빨려 들어가면 아무도 없는 처음의 모래밭 바다에 살을 발
라주고 당당해진 폐선과 폐그물처럼 뼈들을 드러내놓고 언
제 흩어진 뼈들을 끼워 맞출 수 있을까 돌아갈 수 있을까 돌
아가야 할까 동천

성포항

떠오르는 것보다 지는 것에 더 쏠려
서쪽 성포항을 찾았다 그녀는
황사 때문인지 약간 들뜨고 우울했다
색깔도 지극하면 소리로 바뀌는지
붉은 소리는 천지에 가득 차고
귀가 아팠다 숨이 찼다
놀랐죠 저예요 보고 싶었어요
등대가 노을 속에서 희미하게 깜빡인다
긴 꼬리를 흘리며 귀항하는 어선들은
당신도 서쪽으로 가느냐고 묻는데
일몰의 바다는 막 패배한 검투사 얼굴이다
섬들의 징검다리는 도깨비불처럼 뛰논다
결판난 전투 어지러운 잔해
해는 바다보다 더 낮게 엎드리며
공식적으로 패배를 인정하지만 미련 같은
높은 구름 몇 점 마지막 붉은 손을 놓는다
서쪽이 하늘의 빛을 모두 끌고 가면
별들은 바다에서 총총 돋아난다

윤슬미술관

칸딘스키 같은 비가 내려요

때론 그럴듯한 한마디가 힘이 세지

회화는 윤슬 같아요

미술관 이름이 참 시적이지요

피카소에서 앤디 워홀까지

이름이 이름을 배반하기도 하지

예술가들은 참 불친절해요

영업비밀이야

술맛은 술의 그림자지

아는 것만큼 보인다잖아요

진정한 것은 잘 보이지 않지요

피카소 같은 말들을 걸어두고

미술관을 나오니 샤갈의 비가 내린다

칸딘스키의 노래가 흐른다

학동 몽돌밭

눈을 잃고 비로소 눈을 잃고
귀를 잃고 비로소 귀를 잃고
코를 잃고 비로소 코를 잃고
입을 잃고 비로소 입을 잃고
두 팔을 두 다리를 두 뺨을 버리고
모가지를 버리고
오직 작고 둥근 돌을 얻었네
수억 년 전에 헤어진 당신을 보았네
눈알을 빼내고
귀와 코를 자르고
앙앙 다문 입술도 버리고
모든 구멍을 막고
모든 살들의 기억도 발라내고
시간의 뼈다귀로
염주알 굴리는 곳
수억 년 후에도
헤어진 당신의 얼굴

제4부

잘못 탄 기차가 목적지에 데려다 준다

잘못 탄 기차가 목적지에 데려다 준다

어느 외국 영화의 대사였는데
전혀 상황과 맞지 않는 자막 처리 같았다
어긋난 길들이 흐르고
잘못된 시간을 만나는 것은 흔한 일이다

곤줄박이와 다람쥐 같은 동물은
잣이나 도토리 같은 먹이를 나뭇잎 아래나 흙 속에 저축
한다
묻어두고 잘 잊어버리는 바람에
봄에 새싹이 돋는다

때로는 잃어버린 것이 세상을 푸르게 한다

와현 바다

와현의 옛 이름은 누우래다
소가 길게 누운 것 같대서 붙은 이름이다

세상을 읽어낼 능력이 없을 때
칼 진 마음들이 내 안에서 서로 싸울 때

다만 이 모래 언덕에 소처럼 누워서
물결 위에 물결이 모래 위에 모래가
쌓이고 지나가는 것을 바라본다

동백꽃이 흰 파도 속으로 붉게 떨어지는 날
갯메꽃이 피었다 화들짝 입을 닫는 날

게들은 돌 틈으로 숨고
별은 소름처럼 돋았다

모래알을 반딧불 삼아 바다를 읽으면

시간은 손가락 사이로 빠져나간다

물 위를 걸어가는 달빛을 따라
먼 바다로 출항하는 고래 한 마리

바다를 바다에 감추고 물을 물에 감춘
한 줄기 검은 수평선을 향하여
긴 몸을 누이는 것을 본다

청사포

파도 파도 파도치는 동해 바다

여자가 양서류 눈망울처럼 앉아 있다

손가락이 청개구리를 닮았다

피아노 치는 담쟁이 잎에 비가 듣고

모래밭을 적시고 바다를 적신다

귀를 적시고 소리를 적시고 선로를 두드린다

입김을 불어 쓴 투명한 글씨들을 차창에 매달고

바다와 절벽 사이로 기차가 온다

시간은 돋보기처럼 확대되었다가

뒤돌아서 먼 길을 미끄러져 간다

무엇이 오고가는지를 묻지 않았다

더 이상 기차가 다니지 않아도

기찻길은 녹슬지 않아

건반을 두드리며 기차는 가고 기차는 온다

간이역은 늙지 않아서 다시 헤어지기 좋은 곳

밀려왔다 밀려가는 파도처럼

만나고 헤어지는 것은 예삿일이다

삼천갑자 푸르고 푸른 말들이

파도의 행간에서 파도치는 곳

청사포

항구다방

사람들은 나에게서 우울을 읽고 간다
항구처럼 늙고 그야말로 옛날식 다방에서
사라진 섬과 섬보다 먼저 사라진 도선과
인사도 없이 더 먼저 가버린
물새의 안부를 묻는다
뱃고동 소리를 잃은 귀들이
내만을 떠돌아다니며 비 내린다
계란을 동동 띄운 쌍화차와
설탕 둘에 크림 둘 다방 커피를
빗방울이 떨어지며 쳐다본다
봄비에 동백꽃 진다 때로는
따뜻하고 둥근 것도 칼이 된다
전화통보다 먼저 전화 걸 곳이
없어지고 우체통보다 먼저
편지 쓸 곳이 없어졌다 편지보다
먼저 편지 쓰는 법을 잊어버렸다
바다가 대신 울어 주고
돌멩이들이 손을 잡아주었다

늙은 항구에 헌 마음들이
갈매기처럼 기다린다 기다리는데
기다리는 것이 없다
물들이 모여서 둥글게 쉬어가는 곳
항구처럼 늙은 주인은 비 오는 날 또 오시란다

바람이나 알 만한 것

바람이나 알 만한 것
말할 수 있는 것과
말할 수 없는 것 사이
실눈으로 그윽하게 바라보는 것
사라진 것이거나 사라지기 직전
눈을 잃은 친구의 눈빛처럼
보고는 있으나 보이지 않는 것
듣고 있어도 들을 수 없는 것
새로 쓴 무덤 앞에 술을 따르고
마셔도 맛을 알 수 없는 것
무덤에 피워둔 담배 연기처럼
한때는 걸어 다니는 소각로나 굴뚝처럼
세상을 다 태워버리고 싶었으나
동백꽃 한 송이
바람으로 밥을 삼고 비를 덮고 잠을 잔다

역방향 좌석

역방향 좌석에 앉아 울렁이며 간다
몸은 자꾸만 뒤로 달리면서
시간을 미루나무 숲처럼 밀어낸다
몸은 점점 뒤로 달리는데
시간은 점점 앞으로 간다
여기저기에서 피고 지는 어지러움
가까운 것일수록 더 빨리 멀어지고
먼 풍경은 희미해서 편안하다
나는 뒤로 달리는데
너는 점점 가까워진다
어느 역에선가
전속력으로 기다리는 사람이 있어
기차는 달리는 것인 줄 모른다

바람 소리

나무는 바람을 불러 모아 소리의 집을 짓는다 바람은 소리를 빼앗으려 협박하고 울고불고 물어뜯고 이를 갈고 시위를 당기지만 나무는 이 악물고 소리를 놓아주지 않는다 고문을 견디는 사상범처럼 아무 죄 없이 주리를 트는 여자처럼 어금니를 꽉 물고 있다 바람은 나무의 소리는 빼앗지 못하고 소리의 살점을 뜯고 칼질을 하고 소리의 이파리를 뜯어 간다 소리는 빠르고 다음 소리는 더 빠르다 소리의 두 팔을 찢고 목을 뽑아 간다 봐라 내 뼈는 희고 살은 푸르다 모든 소리를 뜯고 소리의 등뼈를 부러뜨려도 내 피는 보지 못하리라 어떤 결기가 있다 소리는 잊힐 겨를도 없이 다음 소리가 먼저 간 소리를 덮는다

황금빛 브라자

대개 암컷은 누워 있고 수컷은 서 있다
바람은 옆으로 불고 새들은 비스듬히 날아가는데
소나무와 전봇대와 아파트는 수직으로 서서
곧 쓰러질 시간에 몸을 말린다
고분고분하고 둥근 고분들은 암컷들이 틀림없어
남자는 늙어갈수록 여자가 돼가는 거야
늙은 기러기들이 키들대며 날아간다
죽음은 곧 다 늙었다는 것
완전한 암컷이 됐다는 것일까
무덤 앞 석물들이란 가련한 남성들의 추억
서산마루에 걸린 해가 천오백 년 전 햇살을 쏘자
고분들은 황금빛 브라자로 부풀어 올랐다
순장당한 햇볕들이
비파형 청동검처럼 잠깐 빛났다

고것밖에는

다슬기를 우리 촌에서는 뽈찌라고 하는데요
앞쪽은 뽈록해서 뽈
뒤쪽은 쪼뼷하고 찔릴 만해서 찌
뽈찌
이렇게 풀어 써놓으니 그럴듯하지요
국민학교 동창들끼리 계곡에서 술 마시고 노는데
얼추 두 시간 동안 뽈찌가 움직인 거리라는 게
한 뽐쯤 되더라고요
뽈찌 앞쪽은 입이면서 똥꾸녕이고 발이기도 하지요
먹어치운 양인지 싸지른 거리인지
걸어간 길이인지 헷갈리는데
절며 갔는지 달려갔는지 쉬엄 갔는지
가다가 90도로 왜 꺾어 회군했는지
그 속을 우찌 알겠습니까만
야튼 사람동물의 수치로는 딱 한 뽐을 갔더라고요
그깟 한 뽐
내가 가는 길도 이렇게
누군가 내려다보면서 재고 있겠지요

내 속도 모르면서

아니지요, 고것밖에 안 된다면서 고것밖에

누 떼가 살아가는 법

누 떼는 뿔을 달고 있으면서도
뿔이 있는 줄도 모른다
흙먼지 일으키며 광야를 내달리는 까닭은
사자들에게 새끼들을 갖다 바치기 위한 것이다
늙은 어미나 주력이 떨어지는 동료들을
낙오시키기 위한 일종의 경주다
사자에게 허벅지가 물린 누 한 마리는
흰 눈깔이 막 돌아가기 직전이다
부드러운 내장과 근육, 사자의 만찬 시간이 끝나면
뼈를 으드득 깨고 갈아 먹는 하이에나의 시간이 온다
독수리는 뇌와 골수와 마지막 살점을 쪼아 먹는다
이때까지도 누는 죽지 않고 의식이 남아
뜯기고 있는 자신을 바라본다
누 떼는 동료의 흰 눈깔을 힐끗 쳐다볼 뿐
먹히지 않은 즐거움으로 속도를 낸다
젖과 꿀이 흐르는 초원을 향해 달릴 뿐이다
약자가 강자에게 먹히는 것이란 자연의 법칙
죽음이란 오직 재수 없는 일일 뿐이다

사자 때문에 우리는 근지구력과 폐활량

튼튼한 발목을 얻었다

도망과 달리기에 최적화됐다

무엇보다 왕성한 생식 능력과 많은 떼를 자랑한다

사자 덕분이다

정신승리법이야말로 진정한 자랑거리다

흙탕물 탕탕 치는 강 너머 우기의 초원이 부른다

아가리를 벌리고 악어의 시간이 기다린다

재수 없는 몇 놈을 내어주고 저 강을 건너가리라

스무 살의 그 여자

지천명에 가까워 펴낸 첫 시집에 스무 살의 그 여자가 몇 번 나온다 그 여자가 누구냐는 세속적인 질문을 받을 때마다 반갑다 나는 세속 쪽으로 더 기울어야 한다

단 한 번의 섬광이 생의 방향을 예기치 못한 곳으로 몰고 간다 스무 살의 봄, 부산 가톨릭센터에서 몇 시간을 기다려 만난 당신, 아니었으면 생이 홀가분할까

5월이 내 생의 8할을 물들였다 그 여자는 보도블록을 깨서 시를 썼다 바람 불면 일제히 하얀 이파리를 뒤집는 플라타너스가 좋아 우리는 거리와 연애했다

김대중이 테레비에 나올 때마다 아버지는 전라도 빨갱이 소리를 밥알 씹듯이 했다 어머니는 데모하더라도 맨 앞에는 서지 마라는 말밖에는 할 줄 몰랐다

애인이 될 뻔한 여자는 전남대생이었다 그해 5월 망월동 가는 길을 걸으며 밤 개구리 소리와 함께 울다 헤어졌다 가

명을 썼으므로 이름은 기억나지 않는다

　시를 쓰던 한 선배는 스물둘에 죽어서 망월동에 묻혔다 전사 김남주 시인보다 이를테면 죽음의 선배다 죽음이 역전되는 것은 흔한 일이지 않던가

　여자 친구는 둘째손가락 두 마디가 없는 전남대 선배와 결혼했다 문병란 시인이 주례를 섰는데 동서화해 운운은 사족이었다 밤새 직녀에게와 5월의 노래를 불렀다

　군대에서 라도 출신 그 새끼한테 뺨 100대를 발로 맞았다 그는 깽깽이고 나는 보리문디였다 보리 깽 동기들은 제대할 때까지 구타를 없애는 것으로 복수했다

　누나는 광주로 시집갔다 광주가 인사 왔을 때 김영삼 지지자인 아버지는 아무 말도 하지 않았다 조카 둘이 어른이 되는 동안 누나의 전라도 사투리는 완벽해졌다

경상도에서 백전백패의 당을 찍었다 소수가 되는 것은 뜨거운 일이다 장전하지 않은 총을 들고 아직도 최후의 도청을 지키는 자가 있다 그 여자는 늙지 않는다

천천히 먹어

천천히 먹어
스크린 도어야
컨베이어 벨트야
천천히 먹어
용광로야
철판아
천천히 먹어
중력아 바닥아

우유와 빵
컵라면
천천히 먹어
돼지국밥
소고기국밥
라면에 김밥 한 줄
천천히 먹어
좀 천천히 먹어

혼자 밥 먹는 사람들아

가로수

오토바이가 지나간다
100번 시내버스가 지나간다
유치원 버스는 노랗게 달려간다
앰뷸런스가 빨갛게 달려간다
도로 청소차는 부옇게 기어간다
택배차가 지나간다
아이들이 재잘재잘 건너간다
리무진 장의차가 지나간다
(오늘은 무슨 좋은 일이 있을 것 같다)
하늘 높이 비행기가 날아간다
무관심한 눈동자들이 흘러간다
세상은 가고 가고 가고 가는데
서 있다 가로수 한 그루
시청 앞 아스팔트 위에
1000일 동안 서 있다

숲에서 해고된 가로수 하나

먹과 색

스승님께서 말씀하셨다

흰색과 검은색 사이에는 일만이천 색이 있고

단풍이 붉다 하나 그 색의 깊이와 종류를 알지 못한다

대저 색이란 마음이 낳기 때문이다

역사도 그러합니까

물었으나 난만 치시고 답이 없었다

천지가 혼돈한 가운데 어디선가 닭이 울더라

닭이 울어 새벽이 오는 것입니까

새벽이 오니 닭이 우는 것입니까

스승께서 답하시기를

닭을 죽여보면 알 것인데 무슨 쓸데없는 논설이냐

이에 제자들이 크게 깨달은 바 있어

혹은 먹을 갈고 혹은 낫을 갈고 혹은 솥에 물을 끓이니

가을이 먹과 함께 더욱 깊어지더라

진주 사람 강상호

진주 사람 강상호
명문 양반 가문의 장남으로 태어났으나
계급 신분 재산 모든 것을 시대에 바치고
이름을 얻었다
독립운동가 강상호 형평운동가 강상호
3·1운동 진주 만세시위 주동자
동지들을 규합해 격문을 비밀리 배포하고
3월 18일 진주 장날 교회 종소리를 신호로 봉기했다
진리와 실천이 가는 곳은 감옥이다
일경에 체포되어 징역 6월을 살았다
많은 이들이 만주로 가거나 변절할 때
선생은 더 낮아지는 것을 택했다
양반을 포기하고 스스로 신백정이 됐다
차별의 돌멩이를 맞으며 신분해방운동에 나섰다
만석꾼 대지주의 아들이
소작인 머슴의 편에서 노동공제회를 만들었다
"백정이 가는 하늘나라에는 같이 가지 않겠다"
"백정과 함께 공부할 수 없다"

하나님도 예배당도 학교도 쫓아낼 때

오직 외롭게 외쳤다

"백정도 사람이고 양반도 사람입니다. 인간은 저울처럼
평등합니다. 백정들의 생활을 개선하지 않는 것은 위선입
니다. 조선인끼리 차별하고 탄압하는 것은 일본식민통치를
돕는 어리석은 일입니다"

저울 형, 평등할 평, 형평사

1924년 4월 25일 형평사 위원장으로 선출됐다

일제와 악질 지주들로부터 '반형평운동'의 공격을 받았으
나

그 뜻은 굳고 오래갔다

한국전쟁 이후 장례식은 전국의 백정들이 치렀다

백정들의 만장 행렬은 진주 시내를 휘돌아 범람했다

"오직 선생님만은 양반 계급의 명예를 포기하고 전 재산
을 희사해 우리들의 고독한 사회적 지위의 인권 해방 계급
타파를 위하여 선봉에 서서, 자유 인권 평등을 부르짖으며
50만 동포를 위해 주야고심 투쟁하지 않으셨습니까. 위대
하십니다. 장하십니다."

남덕유산 참샘이 남강의 발원지라면

강상호는 진주 남강 정신의 발원지다

남강은 흘러 흘러 낙동강을 만나 남해바다가 된다

강물은 흘러가도 진주 사람 강상호, 지리산처럼 우뚝하다

가만히 들여다보는 생명 탐구

이응인

1. 자체 발광하는 눈테

거제 바닷가 마을. 너무 작아서 흔적조차 찾기 힘든 것들, 눈길조차 주지 않는 것들에 가만히 귀를 기울이는 이가 있다. 원종태 시인이다. 그에게는 바다와 갯가, 마을과 산이 삶의 현장이자 시의 현장이다. 가는 곳마다 고개 숙이고, 쪼그려 앉고, 귀를 쫑긋 세운다.

어느 날, 그에게 새 한 마리가 찾아왔다. "온몸이 청색 피리다". 시인은 긴꼬리딱새를 "처음 만난 순간"을 이렇게 노래한다.

> 처음 만난 순간을 잊지 못하지
> 모든 공간은 사라지고 시간은 멈추고
> 산을 멈췄다 산을 움직이게 한다
> 산수국이 나비처럼 피면 날아오지
> 물오리나무 숲에 푸른 물이 흐르고
> 민물검정망둑이 혼인색으로 빛날 때

청피리를 불며 돌아오지

　　　　　　　　　　　　　—「긴꼬리딱새」 부분

　모습조차 제대로 보여주지 않는 긴꼬리딱새의 울음, "모든 공간
은 사라지고 시간은 멈추"게 한다. 소리가 "산을 멈췄다"가, 소리가
"산을 움직이게 한다". 긴꼬리딱새와 만남은 이처럼 충격이었다.
시인에게 긴꼬리딱새는 그냥 여름철새가 아니다. "산수국이 나비
처럼 피"고, "물오리나무 숲에 푸른 물이 흐르고", "민물검정망둑이
혼인색으로 빛날 때" 비로소 찾아오는 새이다. 산수국과 물오리
나무와 민물검정망둑이 생명으로 가득할 때, "청피리를 불며 돌아
오"는 새이다. 시인은 자신이 지닌 모든 시각과 청각의 안테나를
세워서 새 한 마리를 호명하고 있다.

　　풀잎처럼 낭창, 꼬리를 보았다 했는데
　　보이는 것은 소리뿐이다 소리는
　　눈 속으로 빨려 들어왔다 귀로 나간다

　잠시 잠깐 꼬리만 보여주고 사라지자, 소리만 쟁쟁하게 남는 순
간을 "눈 속으로 빨려 들어왔다 귀로 나간다"라고 표현하고 있다.
이어서 푸른빛이 도는 긴꼬리딱새의 눈테와 부리의 멋진 모습을
그려낸다.

　　대낮에도 가재가 기어 다니는 컴컴한 계곡에
　　자체 발광하는 눈테는
　　영화 아바타의 나비 부족이거나
　　여름밤 부둣가 긴팔을 내리고

하릴없이 그리던 시거리 빛깔

긴꼬리딱새의 "자체 발광하는 눈테"는 "대낮에도 가재가 기어다니는 컴컴한 계곡"과 대비를 이루며 더욱 빛난다. 이어서 그의 기억은 "여름밤 부둣가"에서 "하릴없이 그리던 시거리 빛깔"과 만난다. '시거리'는 '그믐이나 달이 뜨지 않았을 때 바다에서 파도나 돌, 모래 등의 자극을 받으면 반짝거리는 플랑크톤'을 말한다. 이처럼 긴꼬리딱새를 향한 시인의 마음은 눈부시다 못해 시리다.

2. 꿈에 본 달이라고

원종태 시인은 거제 바닷가 마을에 산다. 그가 온 힘을 기울이는 일은, 자신이 살고 있는 곳의 생명 탐구이다. 특히, 작아서 눈에 잘 보이지 않는 것들, 사라져가는 것들을 안타깝고 따스한 마음으로 찾아내어 「긴꼬리딱새」처럼 이름을 불러준다. 그가 이름 불러주는 긴꼬리딱새, 남방동사리, 붉은발말똥게, 알락꼬리마도요, 아비, 애기뿔소똥구리, 갯게, 거제외줄달팽이, 팔색조, 풍란은 멸종위기종이다. 그가 불러주는 이름에 응답하면서 이들은 우리 곁으로 돌아와 아름답게, 눈부시게, 애처롭게 빛을 발한다.

남방동사리는 국내에서는 거제도 산양천에만 산다. 밤에 주로 활동하는 이 야행성의 민물고기를 시인은 산속 절간에 매달린 목어와 연결시킨다.

일생을 눈물 속에 살아서

눈꺼풀이 필요 없는 물고기
배를 갈라 산속에서 달빛 소리를 내고 있는
그 목어 한 마리
                              —「남방동사리」 부분

붉은발말똥게는 하구 주변의 습지와 숲에 산다. 땅속에 굴을 파고 살아서 쉽게 만날 수 없다. 시인은 "민물과 바닷물 사이에 집을 짓고/두문불출,/보이지 않는다"(「붉은발말똥게」)고 표현하고 있다.

시간을 접어 바위처럼 기다렸지만
너의 사랑법은 부재 혹은 멸종
                              —「붉은발말똥게」 부분

붉은발말똥게처럼 우리가 좀체 만나기 힘든 존재, 생존의 위기를 맞고 사라져가는 것들에 대한 안타까움을 "너의 사랑법은 부재 혹은 멸종"이라는 역설로 표현하고 있다. "너는 없다". 아니 "없음으로서 너는 어디에선가 있다", 있어야 한다.

몸 길이가 10밀리미터 안팎의 엽낭게는 모래갯벌에서 모래 속의 유기물만 먹고 모래는 뱉어낸다. "아주 작아서 꼬마게라고 부르기도 하고/담배 피우듯 모래알들을 마셨다 내뱉은/흔적이 염주알 같아 염낭게라고도 한다". 내뱉은 모래알은 "작은 달처럼 동글동글한데/잡으면 부서져서 모래가 되어버린다/잡히지 않아 꿈에 본 달이라고 한다"(「꿈에 본 달」). 겨울철새인 "알락꼬리마도요의 부리는 제 몸만큼 길고" 먹이인 칠게가 숨어 있는 "칠게 굴처럼 휘어져" 있다. 시인의 상상력은 "알락꼬리마도요가 칠게를 콕 찍었는

데 칠게는 못 잡고 부리에 그만 초생달이 달려 올라오는"(「알락꼬리
마도요」) 모습을 붙들고, "초생달이 되어 서쪽 하늘로 천천히 날아"
가는 아름다운 장면을 그려낸다.

강물이 바다로 흘러드는 기수역에 굴을 파고 사는 겟게를 그는
'평화주의자'라고 부른다. "물과 땅의 경계, 바다와 하천의 경계"에
"깊은 구멍으로 물과 땅을 연결"해 갯벌을 넓히기 때문이다. "경계
가 넓을수록 평화롭지요 비무장지대처럼요/갯벌을 넓히는 게들이
잘 살아야 평화롭습니다"(「겟게론」). "겟게가 살기 좋은 곳은 인간종
도 살기 좋"은 곳이기 때문이다.

3. 멀리 간 것들

시인은 '우리 모두 멸종위기종'이라고 말한다. 꽃과 새와 바닷게
뿐 아니라 우리 인간도 멸종위기종이다. 이번 시집 곳곳에서 위기
에 처한 우리의 삶을 돌아보는 시들을 만나게 된다.

만주바람꽃이란 이름을 떠올리는 순간, 시인은 '만주'라는 지명
이 주는 아픔과 바람과 꽃이 결합되어 몰아치는 감정을 이렇게 노
래한다.

> 흑룡강 어디 해란강 어디라 했던가
> 가녀린 몸매는 강처럼 휘어지고
> 저녁 강에 눈뜨는 외꺼풀 눈매
> 패, 경, 옥 이런 이국 소녀들의 이름이*
> 함께 불쑥 불쑥 피어난다
> 바람 부는 곳이면

만주 아닌 곳이 어디 있겠어요
세상의 모서리를 다 돌아다닌 바람처럼
어딘가 헐렁한 그 말 때문에
밖에는 바람이 말을 달리고
안에는 모난 말들이 어지러운데
목 놓아 울 만한 곳이라는 고향을 두고
먼 남쪽 바닷가 작은 계곡에
만주바람꽃 한 송이 피고 지는 동안
그 여자의 먼 곳을 생각했다
작고 가벼워서 멀리 간 것들을 생각했다
　　　　　　　　　　　　　　—「만주바람꽃」 부분

　"먼 남쪽 바닷가 작은 계곡에" 피어 있는 "만주바람꽃 한 송이"는 "흑룡강 어디 해란강 어디"를 고향으로 두고 있는 소녀를 떠올리게 한다. "세상의 모서리를 다 돌아다닌 바람처럼" 떠돌다 "먼 남쪽 바닷가"에 이른 그 여자를 생각하게 한다. "만주바람꽃 한 송이 피고 지는 동안" 시인은 "그 여자의 먼 곳을 생각"한다. "작고 가벼워서 멀리 간 것들을 생각"한다. 꽃 한 송이를 통해 조선족이라 불리는 겨레붙이의 고난과 아픔을 떠올린다.

택배차가 지나간다
아이들이 재잘재잘 건너간다
리무진 장의차가 지나간다
(오늘은 무슨 좋은 일이 있을 것 같다)
하늘 높이 비행기가 날아간다
무관심한 눈동자들이 흘러간다
세상은 가고 가고 가고 가는데

서 있다 가로수 한 그루
시청 앞 아스팔트 위에
1000일 동안 서 있다

숲에서 해고된 가로수 하나

—「가로수」 부분

"시청 앞 아스팔트 위에/1000일 동안 서 있"는 가로수는 "숲에서
해고된 가로수"이다. 오토바이가 지나가고, "100번 시내버스가 지
나가"고, "아이들이 재잘재잘 건너간다". 모두들 지나가고, 달려가
고, 건너가고, 날아간다. 그 무관심의 한가운데, 시청 앞 아스팔트
위에, 해고된 노동자가 서 있다. 1000일 동안 서 있다. 생존이 위
협받고 있는 "숲에서 해고된 가로수"이다. 시인은 말없이 묻고 있
다. 온통 "가고 가고 가고 가는데" 정신이 빠져 있는 우리는 생명이
기는 한가? 숲이기는 한가? 숲에서 해고시킬 자격이나 있는가? 위
기를 자각하지 못하는 상태가 곧 위기임을 시인은 묵시적으로 알
려 준다.

정작 소중한 것은 지금, 여기에 없다. 그래서 시인은 자꾸만 사
라져가는 세계와 기억을 뒤적이는지도 모른다.

사라진 섬과 섬보다 먼저 사라진 도선과
인사도 없이 더 먼저 가버린
물새의 안부를 묻는다
…(중략)…
전화통보다 먼저 전화 걸 곳이
없어지고 우체통보다 먼저

편지 쓸 곳이 없어졌다 편지보다
먼저 편지 쓰는 법을 잊어버렸다
바다가 대신 울어 주고
돌멩이들이 손을 잡아주었다

—「항구다방」 부분

　시인은 항구다방에서 사라진 것들의 "안부를 묻는다". "우체통
보다 먼저/편지 쓸 곳이 없어졌다". "기다리는데/기다리는 것이 없
다". 그래서 "떠오르는 것보다 지는 것에 더 쏠려/서쪽 성포항을
찾"(「성포항」)곤 한다. "그해 겨울", "얼굴은 기억나지 않아도 그 동그
랗고 검은 입속으로 내리던 눈"(「첫눈」)을 떠올리거나, "보도블록을
깨서 시를 썼다"(「스무 살의 그 여자」)는 그 여자를 생각하기도 한다.
"동천은 어디에도 없고 소수만이 아주 우연히 발견하는 동굴 너머
시간이 축지법을 쓰는 곳"(「동천」)이며, 거제에 실재하는 「가라산」과
「노자산」도 신화의 세계처럼 그려내고 있다.

나무는 잘린 줄도 모르고 봄물 오른다
허공 30미터까지 여전히 푸르다

바다가 방파제를 부수고
매립지 위의 도시를 침수시키는 것은
자기 몸의 기억 때문이다

조선소 그라인더 노동자와 악수했는데
둘째손가락 한 마디가 없다
이 손가락으로 아직도 귀를 팝니다

서로 쳐다보며 쓸쓸한 곳에서 멈췄다

— 「환상통」 부분

온전함이 사라진 세상을 시인은 '환상통'으로 표현하고 있다. "나무는 잘린 줄도 모르고 봄물 오"르고, "둘째손가락 한 마디가 없"는 조선소 노동자는 그 손가락으로 "아직도 귀를" 판다. 있어야 할 것이 없는 데서 오는 쓸쓸함은 '통증'이다.

4. 모두가 귀한 존재

있어야 할 것이 없는 데서 오는 통증 그 너머를, 시인은 숲을 통해서 모색한다.

화살을 맞은 나무는 다시 쏘지 않고
다만 품어서 제 살로 만든다

물은 화살을 맞고 토하지 않는다
화살 맞은 발목을 적시며
음음음 흘러갈 뿐이다

이 넓은 세상에
화살 하나 줄어든다
썩은 화살이 숲을 이룬다

— 「썩은 화살이 숲을 이룬다」 부분

"화살을 맞은 나무는 다시 쏘지 않고/다만 품어서 제 살로 만든다". 이것이 화살의 공격과 파괴를 넘어서는 방법이다. "물은 화살을 맞고" "화살 맞은 발목을 적시며" "흘러갈 뿐이다". 이렇게 품고 적시며 흘러갈 때, "이 넓은 세상에/화살 하나 줄어든다". 그리고 "썩은 화살이 숲을 이룬다". 공격과 파괴를 품어 안는 숲과 물은 치유의 장소이고 생명의 근원이다. 그러니 "나무 한 그루가 팔만대장경이고 숲이 화엄세상이다".

「거제외줄달팽이」에서는 시인과 자연이 교감을 통해 하나 되는 모습을 그려내 보이고 있다. 시인에게는 바위가 "무릎을 펴는지 끙 소리를" 내는 게 들리고, "나무들이 물을 빨아올리는 소리가 맹렬하"게 들린다. 뿐만 아니다. "비목나무 이파리"의 "싸한 박하사탕 맛"이며, 마삭줄이 "바람개비 같은 꽃을 돌려 달달한 냄새가 퍼"지는 걸 안다. 이렇게 맛과 향으로 교감하는 "나무는 대지의 젖꼭지 같다".

"내 몸은" "어린 산가재 왼쪽 다섯 번째 다리의 물방울"이다가, "청띠제비나비 날개 위에 반짝이는 비늘 가루"로 빛나다가, "오리나무에 붙은 늦털매미의 G단조 울음소리"로 떨다가, "어디에 떨어뜨렸는지 모르는 방아깨비의 왼쪽 다리"였다가, "투구꽃 이마 위에 탱탱한 자줏빛 햇살"로 꽂히다가, "피아노 건반을 두드리며 걸어가는 먼지"였는지도 "모른다"(「아무렇지도 않은」). 그래서 "몸을 바꿔도 바뀐 이름으로 살아도//아무렇지도 않은, 시간을 건너가는" 그런 존재이고 싶은 것이다.

달랑게 눈을 들여다보면
달랑게 눈 속에 내가 들어갑니다

내 눈 속에 달랑게가 들어옵니다

개별꽃과 한참을 눈을 맞추면
내 눈 속에 개별꽃이 핍니다
개별꽃에도 내가 피겠지요

　　　　　　　　　　—「눈부처」 부분

　원종태 시인이 궁극으로 그리는 세계가 「눈부처」에 그대로 들어
있다. "달랑게 눈 속에 내가 들어"가고, "내 눈 속에 달랑게가 들어"
온다. "내 눈 속에 개별꽃이" 피고, "개별꽃에도 내가" 핀다. 서로가
서로의 존재를 비춰주고, 서로가 서로를 확인해준다. 너이면서 나
이고, 나이면서 곧 너이다. 비로소 "나무 하나 쓰러질 때 온 산이
함께" 우는 경계에 이르게 된다.

　거제 바닷가 마을에 한 시인이 산다. 그는 자신의 모든 안테나
를 세워 생명을 탐구하고, 안타깝고 따스한 마음으로 이들의 이름
을 불러준다. 긴꼬리딱새, 붉은발말똥게, 알락꼬리마도요, 아비,
애기뿔소똥구리 들은 멸종위기종이란 이름 대신 그에게서 새로운
생명을 얻는다. 그는 숲의 세계를 통해 화살과 파괴를 넘어 치유
와 생명을 탐구한다. 바위와 마삭줄과 방아깨비의 왼쪽 다리로 몸
바꿔 살아가는 존재를 꿈꾼다. '새와 나무는 우리의 친구요 구르는
돌은 우리의 사촌이라 하지 않던가.' 거제 바닷가 마을은 시인의
우주이다.

　　　　　　　　　　　　　　　　　李應仁 | 시인

푸른사상 시선 137

멸종위기종